ODES D'ANACRÉON,

Nouvelle Traduction en Vers,

PAR M. REDAREZ SAINT-REMY,

Membre de la Légion-d'Honneur.

Paris.

DAUBRÉE, LIBRAIRE, PASSAGE VIVIENNE,

LB. THOMASSIN ET C^{o}, RUE S.-SAUVEUR, 30.

—

1839.

ODES D'ANACRÉON.

IMPRIMERIE DE LB. THOMASSIN ET Cᵉ,
RUE SAINT-SAUVEUR, 30.

ODES D'ANACRÉON,

Nouvelle Traduction en Vers,

PAR M. REDAREZ SAINT-REMY,

Adjudant-major d'infanterie, membre
de la Légion-d'Honneur.

Paris.

DAUBRÉE, LIBRAIRE, PASSAGE VIVIENNE,
LB. THOMASSIN ET CIE., RUE SAINT-SAUVEUR, 30.
1839.

Au Roi.

Déridez ce front soucieux,
Aux ennemis si redoutable ;
Et d'un sourire gracieux
Accueillez le roi de la table.

Le chant épanouit le cœur ;
Le chant charme et rafraîchit l'âme ;
La joie enfante le bonheur
Qui de nos jours dore la trame.

Rends, ô mon luth ! ces sons heureux,
Sublimes et si doux encore,
Que David, inspiré des cieux,
Tirait de sa harpe sonore !

A. S. A. R.

MADAME DUCHESSE D'ORLÉANS.

Le Chantre de Téos
Ne connut que trois Graces ;
Sans doute qu'à Paphos
Il ne vit point vos traces.

Aimable en ses discours,
Vous devez le connaître ;
Il chante les amours,
Et vous les faites naître.

Anacréon, jaloux
De ses chaînes nouvelles,
De l'Amour près de vous
Eût arraché les ailes.

A Béranger.

Je vous adresse Anacréon ;
Gai comme vous, il doit vous plaire ;
Daignez l'accueillir sans façon ;
C'est un ami, c'est votre frère.

Il vient, comme pour un festin,
Paré de ses habits de fête ;
S'il perd sa couronne en chemin,
De la vôtre ombragez sa tête.

Vous êtes unis à jamais ;
Nos yeux vous confondent ensemble ;
Par le génie et par les traits,
Qui plus que vous seul lui ressemble ?

DISCOURS PRÉLIMINAIRE.

Il y a, je le sens, une témérité bien grande à faire paraître une nouvelle traduction des Odes d'Anacréon, après toutes celles qui ont paru jusqu'à ce jour. Leur nombre et quelquefois le mérite de leurs auteurs semblaient assez dire qu'Anacréon n'avait plus besoin d'interprète.

Cependant, plus téméraire que sage, sans doute, j'ai osé entreprendre cette œuvre, et, sans être effrayé des obstacles sans nombre que j'avais à surmonter, j'ai rempli ma tâche difficile et délicate.

J'éprouve un certain embarras à dire les raisons influentes qui m'ont déterminé à entreprendre cet ouvrage ; il en existe sans doute ; elles sont assez puissantes pour que mon esprit, subjugué par elles, se soit laissé soumettre à leur empire.

Et d'abord il est à remarquer que dans le nombre des traductions de ce poète, il n'en est point qui se ressemblent entre elles, non seulement par l'expression, mais par la pensée ; que sur les difficultés qui ont embarrassé les commentateurs, la plupart des auteurs ne se sont point donné la peine d'éclaircir les passages douteux, et ont suivi les opinions de leurs prédécesseurs ; et qu'ensuite, puisqu'il faut bien que je l'avoue, il est peu d'odes où il ne se soit glissé un contre-sens, à commencer par nos premiers traducteurs. Il y a de la présomption à jeter ainsi une opinion sans ménagement à la face du monde qui s'est contenté jusqu'ici des traductions de ce poète ; c'est dire qu'Anacréon est encore à connaître tout entier. Qu'on me pardonne cette orgueilleuse prétention, et qu'avant de me condamner on veuille bien me lire.

De toutes ces différences il résulte qu'Anacréon a été jugé très diversement ; chacun l'a traduit à sa manière, comme il l'a senti. Ainsi les peintres nous représentent la nature également chacun à sa manière ; l'un la voit en noir ou en vert, un autre en jaune ou en gris. Si les organes de la vue offrent autant de disparate et sont un guide aussi peu sûr, au point de soumettre la nature, dans ses effets réels, à des jeux d'optique, l'esprit, dont les facultés s'étendent à l'infini, qui ne peut souffrir d'horizon qui le borne, l'esprit offrira des variétés bien plus grandes.

C'est ce qui est arrivé.

L'un a vu dans Anacréon un débauché ; l'autre nous l'a représenté dans un état d'ivresse et parmi les bouteilles et les pots ; pour celui-ci, c'est un vieillard ridicule qui soupire et exhale son impuissance avec le vin ; pour d'autres, et c'est le plus grand nombre, c'est un chansonnier simplement agréable. Tel traducteur, s'il eût osé, nous l'aurait représenté en marquis, tel autre en roué de la Régence, ou comme un habitué de taverne.

Anacréon ne m'est point apparu sous des traits aussi difformes.

Il est rare que le caractère d'un écrivain ne se reflète pas dans ses écrits. Son génie, partie de lui-même, dans l'ardeur de ses feux, laisse tomber des étincelles qui le révèlent aux yeux les moins clairvoyants.

A le juger par ses œuvres, Anacréon était aimable, gai et d'agréable compagnie; ses manières étaient exquises, et son ton élégant le faisait rechercher de tout ce qu'il y avait de distingué dans la société; son culte pour la beauté allait jusqu'à l'idolâtrie. Jouissant du présent, sans nul souci de l'avenir, il savait allier la plus douce philosophie au plaisir. Se livre-t-il à la joie, à la danse, aux délices de la table; vide-t-il sa coupe en l'honneur de Bacchus, c'est toujours avec décence, avec modération. Il a toujours soin de prêcher la sagesse au milieu même des ébats avec ses amis (1). Il a en horreur de ressembler aux Scythes, enclins à devenir furieux dans leurs festins; tel est Anacréon.

La première condition dans un tra-

(1) Liv. 2. XIV, XV, XX, XXI, XXIII, XXIV. Liv. 3 II.

ducteur est sans doute la fidélité; mais cette fidélité n'existe pas seulement dans les mots et dans les pensées d'un auteur; les mœurs, les usages, les influences auxquelles il a dû nécessairement être soumis, l'état de la civilisation, le soleil qui l'éclaire, le ciel sous lequel il est né, la nature qui frappe sa vue, l'atmosphère qui l'environne, tout enfin concourt à faire saisir cette fidélité.

C'est la connaissance de tous ces faits qui forme, par leurs teintes diverses, cette couleur dont aucun poète n'est jamais dépourvu; elle est plus ou moins vive suivant le génie.

Il m'a fallu appliquer cette étude à Anacréon. Je n'entrerai point dans le détail de mes recherches, les énoncer serait trop long; mais il importe de faire connaître l'époque à laquelle Anacréon appartient. Je n'entreprendrai point d'écrire sa vie; rien n'est moins certain que tout ce que les auteurs en ont rapporté. Qu'est-ce que la vie d'un homme qui se borne aux plus vagues indications? Il est plus prudent alors de garder le silence sur pareille matière.

Après les temps fabuleux et héroïques de la Grèce, Athènes résume à elle seule l'histoire de la nation; et quoique Anacréon soit né à Téos, ville d'Ionie, les destinées de sa patrie se trouvent liées aux destinées d'Athènes, la métropole. Tout porte à croire qu'il passa dans cette ville, centre des arts et des talents, une grande partie de sa vie, et qu'il y mourut.

L'histoire d'Athènes peut se diviser en trois grandes époques. La première, celle des lois, représentée par Solon; la seconde, celle de la gloire, sous Miltiade, Aristide et Thémistocle; la troisième, celle du luxe et des arts, ou le siècle de Périclès.

Je vais donner une esquisse rapide de la dernière période, afin d'en tirer une conclusion certaine, qui doit nous éclairer sur le temps auquel Anacréon a dû vivre. Il est des inductions si palpables qu'on chercherait en vain à les combattre, ou bien l'évidence peut être mise en doute.

Périclès, après avoir vaincu ses plus redoutables rivaux, Cimon et Thucydide, abaissé l'insolence des Eupatrides ou des nobles, enchaîné l'autorité de l'Aréopage, dont la sévérité était un frein à la licence des mœurs, les alliés retenus dans la dépendance d'Athènes, Lacédémone réduite à l'impuissance, Périclès profita de ces moments de paix pour embellir la capitale de la Grèce. Athènes vit s'élever, sous la direction de Phidias, ces monuments peuplés de statues, qu'on admire encore, soit debout, soit couchés sur la poussière.

L'essor donné au commerce et à l'agriculture enrichit bientôt les Athéniens.

Avec les richesses, le luxe et la mollesse s'introduisirent au sein de la société, que la rigidité des lois de Solon n'avait plus la puissance de maintenir. On ne sacrifia plus qu'à Bacchus et à Comus. Dans les banquets on se couronnait de fleurs, on se parfumait les cheveux qu'on embellissait avec de la poudre d'or; on se frottait le corps d'essences (1).

Les oiseaux et les animaux domestiques mêmes étaient également parfumés d'odeurs les plus agréables.

On s'entourait de danseurs, de bouffons, et, pendant le festin, des musiciens et des chanteurs se mê-

(1) Liv. 1. XI.
Liv. 2. VII, XVII, XXVI.
Liv. 3. I, II.

laient à la vive gaîté des convives, qui se faisaient servir à table par des courtisanes à moitié nues.

Qui ne voit dans cette peinture Anacréon tout entier ? Croit-on qu'il eût été bien reçu au temps de Solon, dont les lois commandaient la frugalité ? Croit-on qu'il eût été bien accueilli à l'époque des guerres de la république, au moment que Xercès foulait le sol de la patrie, ou bien au jour funeste où, réduit à abandonner la ville de Minerve, retiré sur ses vaisseaux, le peuple tout entier ne devait y rentrer qu'au milieu des ruines ?

Anacréon n'a pu vivre que dans la troisième période. Plutarque, dans la *Vie de Périclès*, en citant son nom, en parle comme vivant à cette époque (1).

(1) Ve siècle avant Jésus-Christ.

Que de questions nouvelles pourraient être soulevées sur Anacréon, soit sur son origine prétendue royale, soit sur son opulence, dont le contraire est prouvé par ses ouvrages mêmes (1)!

Mon opinion, s'il m'est permis d'en avoir une, est si opposée à celle reçue jusqu'à nos jours, que je n'ose, en vérité, la proclamer.

Anacréon serait à mes yeux un de ces parasites (2) dont le nombre s'était tellement accru à Athènes, qu'on en avait formé une classe particulière, comme on avait classé les courtisanes sous Aspasie.

Les plus aimables parasites, et Anacréon, sans contredit, fut de ce

(1) Liv. 1. XXI, XXIX.
Liv. 2. VI, VII, IX.
Liv. 3. XV.

(2) On peut comparer les parasites de cette époque aux troubadours du XIIe siècle.

nombre, étaient accueillis avec empressement par les citoyens les plus opulents; ils assistaient à toutes les réunions galantes, et étaient astreints à payer leur écot, soit par quelques bons mots, ou par quelques histoires galantes, soit en chantant et en s'accompagnant de la lyre; les jeunes gens les recherchaient à leur tour pour égayer leurs voluptueuses parties.

Le sujet de plusieurs odes ne laisse aucun doute à cet égard (1). Mon intention n'est point d'abaisser mon poète. Ce rôle n'était point humiliant : l'usage l'autorisait. Qu'était Homère ? Quels furent ses aïeux ? Des génies aussi élevés sont toujours les fils des dieux.

Il est temps de laver Anacréon

(1) Liv. 2. XIV, XV, XXI, XXII, XXIV. Liv. 3. II, VIII.

d'une odieuse accusation qu'on a laissé planer sur lui, sans chercher jusqu'ici à l'en justifier. Les premiers, qui n'ont pas craint de flétrir ainsi sa mémoire, ne l'ont pas profondément étudié, et sur un seul mot (1), ont osé porter un jugement des plus irréfléchis. Je veux parler de sa passion pour Bathyle. La raison, certes, n'a pas dicté un pareil jugement : elle s'y oppose logiquement. Une passion, que repousse la nature, ne peut prendre naissance que dans une exaltation violente qui, s'emparant de celui sur lequel elle fait peser sa tyrannie, le domine, l'aveugle et le rend tout à fait étranger et indifférent aux sentiments les plus délicats. Or, après avoir lu Anacréon, n'a-t-on pas une idée toute contraire ? Lui, le chantre passionné de l'Amour et de Bacchus !

(1) Εταίρος, ami, compagnon, camarade.

Lui, l'adorateur de la Beauté! Lui, dont le vœu le plus ardent est de mourir aux bras de Vénus!

Bathyle, pour qui Anacréon semble éprouver une si vive amitié, Bathyle, qui probablement partageait ses plaisirs et ses peines (car Anacréon eut aussi des peines; il le dit assez; et quoi rapproche mieux deux cœurs que de communs chagrins!) (1) Bathyle était un beau jeune homme, distingué sans doute par d'éminents talents, pour être son compagnon, son ami, qui le suivait dans toutes ses parties de plaisir, et probablement l'accompagnait de la Pectis ou du Barbyton lorsqu'il chantait ses délicieuses compositions. Dans l'ode sur la naissance de la Rose, Anacréon, en invitant son ami de l'accompagner, ne s'adresserait-il pas à Bathyle?

(1) Liv. 2. VI, IX, XI, XIII, XXVI.
Liv. 3. I, VI, XI, XIII.

Maintenant soulèverai-je la grande question de savoir s'il est plus convenable de traduire un poète en vers plutôt qu'en prose ? Chacun, dans son système, est trop aveuglé pour n'être pas injuste.

J'ai vu des traductions en prose supérieures à des traductions en vers, comme aussi j'en ai vu en vers préférables à d'autres en prose. C'est toujours la langue dans laquelle on traduit qu'on accuse des difficultés qu'on rencontre, tandis que celui qui porte ce jugement ne s'aperçoit pas que c'est son impuissance seule qu'il devrait accuser.

Toutes les langues sont admirables par leur mécanisme, par leur esprit, par leur génie. Toutes peuvent se traduire mutuellement avec fidélité ; mais il n'est pas donné à tous de le faire avec bonheur, avec un égal mérite. Les langues expriment également et les besoins physiques, et les besoins moraux de l'homme, ses passions, ses pensées, ses sentiments. Toutes renferment des trésors cachés dans leur sein, qui n'attendent qu'une main habile pour les montrer au grand jour, et nous éblouir par leur éclat.

Je ne citerai aucun des traducteurs d'Anacréon, soit en vers, soit en prose; tous ne sont pas également bons, sans doute; mais chacun a son mérite. Les difficultés de l'art de traduire devraient les préserver d'une trop grande sévérité.

Ce silence m'affranchit de faire une critique toujours fâcheuse, souvent présomptueuse, et me dispense d'établir un parallèle pour lequel un in-folio suffirait à peine.

Je sens tout l'inconvénient de venir après les autres. On est jugé plus sévèrement, parce qu'on pense que, venant le dernier, on prétend à la première place. Mon âme n'a point été mue par tant d'orgueil. J'ai profité de quelques observations de mes prédécesseurs, mais je n'ai point suivi servilement leurs interprétations; et si je ne les ai point adoptées, ce n'est qu'après un mûr examen et après les avoir long-temps pesées.

Cependant si je n'avais dû offrir que ce que mes devanciers ont déjà fait et de la même manière, mon travail n'aurait rien d'original, et par conséquent ne mériterait point de voir la lumière. Il n'en est point ainsi. J'ai dû me tracer une route nouvelle, naturellement inspirée par mon modèle.

Les Odes d'Anacréon ont été composées pour être chantées : cette pensée m'a dominé.

J'ai traduit les Odes d'Anacréon en forme de chansons; je ne me suis point écarté du rhythme de mon modèle, le seul convenable à ce genre de poésie; en m'assujettissant à cette loi, en les réduisant à des strophes régulières, je ne me suis guère éloigné des proportions légères du poème. Je laisse le soin de juger toutes les difficultés que j'ai eu à vaincre.

D'autre part, j'ose dire que ma traduction est des plus complètes. Les uns ont jugé à propos de ne traduire que cinquante-cinq Odes; d'autres soixante : j'en ai soixante-dix-sept. Je blâme cette liberté de choisir, de rejeter ou d'adopter, suivant son goût et son caprice. C'est un sacrilége à mes yeux.

Certaines Odes ne sont pas attribuées à Anacréon; cependant, comme elles sont encore loin d'être indignes de lui, je ne me suis point fait un scrupule de les comprendre dans son recueil.

J'ai changé l'ordre des Odes; celui du texte ne m'a point paru naturel; il prouve la légèreté des premiers copistes ainsi que l'insouciance de ceux qui ont reproduit ce qu'ils ont trouvé tout fait, sans rien toucher à l'édifice informe. Cette négligence est encore une preuve du peu d'étude qu'on a fait de ce poète; chacun s'est contenté du travail de son prédécesseur, sans approfondir son modèle.

Assurément Anacréon n'a pas attendu sa vieillesse pour chanter l'Amour. Il a suivi les phases de sa vie, telles que la nature les impose aux hommes de toutes les nations. Dans la marche du temps, comme dans celle des passions humaines, il y a une rationnalité, si je puis m'exprimer ainsi, qui a ses lois et ses règles auxquelles nous sommes tous assujettis.

Jeune, Anacréon a chanté l'Amour; dans la maturité de l'âge, la table fit ses délices; vieux, il aima le vin.

Si dans sa vieillesse il a chanté l'Amour avec Bacchus, c'est par réminiscence; à ce titre on pouvait lui pardonner : autrement il n'eût été que ridicule.

Les Odes se ressentent de cette marche du temps. Le discernement peut les faire rapporter à chacune des époques de sa vie. De là découle nécessairement la division de ses Odes en trois parties, ou en trois livres, la seule rationnelle, et que j'ai adoptée.

Je me suis permis de changer les titres qui, dans le texte, n'ont, la plupart, aucun sens, et ne répondent point au sujet.

Enfin j'ai tâché de rendre ma traduction aussi utile qu'agréable et fidèle. Je me suis appliqué à faire passer dans notre langue les graces qui respirent dans le grec, et qui, ainsi que les roses, semblent naître sous les doigts d'Anacréon. Malgré tous mes efforts, je sens que je suis loin de mon modèle; mais si je n'ai point atteint ce but, seul desir d'un traducteur, je profiterai, avec empressement et reconnaissance, de la critique éclairée et polie qui voudra bien m'honorer de ses conseils, afin de m'aider à perfectionner mon ouvrage.

ODE

A ANACRÉON.

Quel dieu t'inspire, Anacréon,
Dans les élans de ton génie?
Tiens-tu la lyre d'Apollon?
Es-tu le dieu de l'harmonie?

Quel charme enivrant dans ta voix!
Quelle douce philosophie!
Que tu te livres à la fois
A la raison, à la folie!

Peintre charmant, de tes tableaux
Qui pétrit les couleurs si belles?
Et pour te faire des pinceaux
L'Amour te prête-t-il ses ailes?

Qui te donne toutes ces fleurs
Que tes mains sèment sur tes traces?
Pour toi les immortelles Sœurs
Les moissonnent avec les Graces.

Qui d'un nectar délicieux
Remplit ta coupe qui bouillonne?
Ce n'est point Bacchus furieux,
Mais l'amant heureux d'Érigone.

Vieillard aimable et toujours frais,
Qu'as-tu perdu de ta jeunesse?
Les Graces, avec leurs attraits,
Ne meurent jamais de vieillesse.

ODES D'ANACRÉON.

LIVRE PREMIER.

ODES D'ANACRÉON.

LIVRE PREMIER.

ODE PREMIÈRE.

MA LYRE.

Je veux chanter Atride,
Cadmus dans leurs exploits;
Mais ma lyre, à ma voix,
Mêle un accord timide...
Mes doigts font résonner toujours
La tendre corde des amours.

Soudain je la remplace,
Et, sur des tons nouveaux,
Je chante les travaux
D'Alcide plein d'audace...
Mes doigts font résonner toujours
La tendre corde des amours.

Pour Mars et pour Bellone,
Ma lyre est sans échos :
Adieu, vaillants héros,
Oui, je vous abandonne...
Mes doigts font résonner toujours
La tendre corde des amours.

ODE II.

LES DONS DE LA NATURE.

La nature au taureau fougueux
Fit don d'une arme formidable;
Au coursier, à l'œil belliqueux,
D'un pied aux combats redoutable.

Elle donna l'agilité
Au lièvre, privé de courage,
Au roi des forêts indompté
D'horribles dents pour le carnage;

Une rame à l'hôte des mers
Pour fendre l'empire liquide;
Au léger habitant des airs,
Pour voler, une aile rapide.

L'homme, favorisé du sort,
L'homme eut le génie en partage ;
Elle fit un dernier effort,
Et la femme eut tout l'avantage.

Que reçut-elle ? la beauté...
Don divin, bouclier terrible,
Du fer et du feu respecté,
Et qui rend la femme invincible.

ODE III.

L'AMOUR SURPRIS PAR UN TEMPS D'ORAGE.

C'était minuit, pendant que l'Ourse,
Près du Bootès qui la suit,
Atteint le milieu de sa course,
Dans le voile épais de la nuit.

Tout est calme dans la nature;
L'homme, dompté par ses travaux,
Brisant le joug de leur torture,
Se livre au plus profond repos;

Quand j'entends heurter à ma porte.
—Qui trouble mon sommeil? quel bruit?
Qui frappe là-bas de la sorte?
— Un enfant surpris par la nuit.

Elle est si noire et si profonde!...
Hélas! j'ai perdu mon chemin!
J'ai le corps tout trempé par l'onde;
Sans crainte, ouvrez; soyez humain!

Je rallume ma lampe éteinte;
Par la pitié le cœur ému,
J'ouvre, mais non sans quelque crainte,
Et je vois un enfant tout nu.

Sur son dos un carquois résonne;
Un arc s'agite dans sa main;
Des ailes parent sa personne:
C'est l'Amour, à son air malin.

A se chauffer je le convie;
Dans mes mains je presse ses mains,
Et j'exprime la froide pluie
Des flots de ses cheveux divins.

Mais sa chaleur est rétablie...
— Voyons si mon arc, par hasard,

N'a pas trop souffert de la pluie;
Il tend la corde, le coup part.

Au cœur il m'atteint, le perfide…
Lui, de rire de ma douleur…
— L'arc est sain, dit-il, et solide,
Et tout le mal est dans ton cœur.

ODE IV.

L'AMOUR VAINQUEUR.

Armé d'un bouquet d'hyacinthe,
Comme d'un sceptre souverain,
D'un ton à me glacer de crainte,
L'Amour me dit : « Suis-moi soudain. »

Piqué de mon indifférence,
Dans des sentiers pour moi nouveaux,
Il me traîne, dans sa vengeance,
Et je cours par monts et par vaux.

Je suis l'Amour à l'aventure...
Un serpent se glisse en mon cœur ;
Je sens mon âme à la torture,
Et je succombe à ma douleur.

Mais flattant du bout de son aile
Mon front, que ranime un air frais,
A la vie Amour me rappelle,
Et me dit : « Aime désormais. »

ODE V.

LA COLOMBE.

D'où viens-tu, colombe chérie ?
Pour qui vogues-tu dans les airs ?
Où vas-tu ? parle, je te prie ;
Où vas-tu, libre de tes fers ?

Quel doux parfum, blanche colombe,
De ton aile, au loin s'exhalant,
En rosée odorante tombe !
Que ton bonheur doit être grand !

— Bathyle, à qui tout rend hommage,
Dont les charmes sont si puissants,
Bathyle est le but du voyage
Qu'en cet heureux jour j'entreprends.

Des amours depuis que la mère,
Pour prix d'une aimable chanson,
Me fit sa caresse dernière,
Je suis les lois d'Anacréon.

Ce message qui t'intéresse,
Je le porte selon ses vœux.
Comme il m'en a fait la promesse,
Je suis libre après, si je veux.

Mais je ne veux pas d'autre cage ;
Je ne le quitterai jamais ;
Pour moi, dans mon doux esclavage,
La liberté n'a point d'attraits.

Eh quoi ! j'irais sur les montagnes,
D'arbre en arbre traînant mes chants,
Comme mes sauvages compagnes,
Me nourrir de graines des champs !

Près d'Anacréon je préfère
Et bénis mon heureux destin ;

J'ai ma pâture journalière,
Que je prends au creux de sa main.

Ai-je soif? sa coupe fleurie
Offre à mon bec un jus divin;
Ai-je bu? tout à la folie,
Je danse et babille sans fin.

De mes ailes je le caresse;
Il répond à mes doux transports;
Et, lorsque le sommeil m'oppresse,
Sur son luth muet je m'endors.

Mais vit-on jamais ma pareille?
Il est tard; le ciel est sans feu;
J'ai causé comme une corneille;
Brave homme, je te quitte; adieu!

ODE VI.

L'AMOUR DE CIRE.

Qui veut acheter un amour,
Charmant amour de cire?
Il est aussi beau que le jour,
A tous prêt à sourire.

—Combien de ce petit vaurien
A la mine friponne?
— Ce qu'il vous plaira ; mon Dieu! rien.
Prenez, je vous le donne.

A lui tout. Comme les tyrans,
Il gaspille et ravage,
Et nous ne pouvions plus long-temps
Vivre en un tel ménage.

Donnez, donnez-moi ce fripon
Pour six fois une obole :
Nous le mettrons à la raison ;
Comptez sur ma parole.

Allons, amour ! d'un feu divin
Brûle, brûle mon âme !
Sinon tu vas trouver ta fin,
Ma foi, dans cette flamme.

ODE VII.

L'HIRONDELLE IMPORTUNE

De toi que faut-il que je fasse,
Hirondelle au caquet sans fin?
De moi n'attends aucune grace,
Et je veux me venger enfin.

Faut-il que je t'arrache l'aile?
Ou que je t'étouffe la voix
En coupant ta langue cruelle,
Comme fit Térée autrefois?

De Bathyle lorsque l'image,
En songe, vient me réjouir,
Ah! pourquoi, de ton bavardage,
Viens-tu, si matin, m'étourdir?

ODE VIII.

LE COMBAT AVEC L'AMOUR.

C'en est fait! oui, je veux aimer;
Je veux aimer, l'Amour m'appelle;
Mais, indocile à m'enflammer,
A ses lois mon cœur est rebelle.

Piqué de ce nouveau mépris,
Se riant de mon insolence,
En courroux l'enfant de Cypris
Vole aussitôt à la vengeance.

Il saisit, dans son carquois d'or,
Des traits qu'à son arc il confie;
Voyant que je résiste encor,
Au combat sa voix me défie.

D'un bouclier, de javelots,
Je m'arme et revêts la cuirasse ;
En Achille, digne héros,
J'attends et brave sa menace.

Il tend son arc, le tire : il part ;
Je fuis. De l'Amour, ô surprise !
Les flêches volent au hasard ;
Il tire, et son carquois s'épuise.

De dépit il entre en fureur ;
Il vole, et lui-même se lance,
Me perce et plonge dans mon cœur ;
Vaincu, je cède à sa puissance.

A l'Amour, dans nos vains efforts,
Que font bouclier, traits, cuirasse ?
Et pourquoi tirer au dehors,
Quand le combat est dans la place ?

ODE IX.

LES YEUX VAINQUEURS.

De Thèbes chante la valeur,
D'Ilion chante la conquête;
Moi, je veux chanter, plein d'ardeur,
Et mes combats et ma défaite.

L'ennemi, devant ses vaisseaux,
A-t-il vu mon âme alarmée?
Vaincu, foulé par les chevaux,
Ai-je fui devant une armée?

Quels sont mes superbes vainqueurs?
Est-ce vous, guerriers invincibles?
Non; ce sont deux yeux enchanteurs
Dont les traits sont bien plus terribles.

ODE X.

LES SOUHAITS.

Jadis Tantale vit sa fille
Changée en rocher par les dieux ;
Et Pandion vit sa famille
En oiseaux s'élever aux cieux.

Que ne suis-je fidèle glace,
Sur moi pour attirer tes yeux !
Ou la tunique qui t'enlace,
Te presse en ses plis chatouilleux !

Que ne suis-je l'onde limpide
Pour caresser tant de trésors !
L'écharpe de ton sein timide !
Le parfum qu'aspire ton corps !

La perle qui court et serpente
Autour de ton cou plein d'appas !
Enfin la sandale charmante
Que foulent tes pieds délicats !

ODE XI.

PORTRAIT DE MA MAITRESSE.

Viens, toi dont le pinceau
Excelle en l'art des roses,
Fais un divin tableau,
Grand peintre, si tu l'oses.

Peins les traits délicats
De ma maîtresse absente ;
Écoute les appas
De celle qui m'enchante.

Peins de ses fins cheveux
L'ébène sans égale ;
Fais surtout, si tu peux,
Qu'un parfum s'en exhale.

Siége de la pudeur,
Que son front, dans sa gloire,
Efface la blancheur
De l'éclatant ivoire.

Que des sourcils épais,
Ombrageant ses paupières,
S'unissent dans leurs traits
En nuances légères.

Sans rivaux, que ses yeux
Lancent des feux rapides ;
Pallas les a moins bleus,
Et Vénus moins humides.

D'un mélange divin
De lait avec la rose,
Fais sa joue, un nez fin
Où Cupidon repose.

Appelant les amours,
Que sa bouche jolie
De la baiser toujours
Nous inspire l'envie.

Sur son menton charmant,
Autour d'un cou d'albâtre,
Des Graces, se jouant,
Fais la troupe folâtre.

Soulève mollement
Sa robe d'écarlate,
Et montre doucement
Sa jambe délicate.

De ses légers atours
Fais que la transparence
Laisse de ses contours
Deviner l'élégance.

C'est assez... je la vois...
O merveille fidèle !
Elle sourit... Je crois
Qu'elle parle... C'est elle !

ODE XII.

PORTRAIT DE BATHYLE.

O toi qui, d'un éclat fameux,
Brilles dans ton art, peintre habile,
Saisis ton pinceau vigoureux ;
Fais-moi le portrait de Bathyle.

De ses cheveux peins la noirceur ;
Qu'à leur sommet l'or les colore,
Et qu'ils brillent, dans leur couleur,
Comme un doux rayon de l'aurore.

Libres, dispose-les sans art ;
Ondulant en boucles charmantes,
Laisses-les flotter au hasard
Sur ses épaules séduisantes.

Au serpent empruntant l'azur
Qui sur ses écailles domine,
Qu'un sourcil noir, sur son front pur,
En arc gracieux se dessine.

Que son œil noir soit fier et doux;
De Mars s'il inspire la crainte,
Par l'espérance, de ses coups
Que Vénus émousse l'atteinte.

Que le duvet tendre et naissant,
Aimable attribut de Pomone,
Aux jeunes roses s'unissant,
Pare sa joue et la couronne.

Fais-moi, dans toute sa fraîcheur,
Si ton art a de la puissance,
Le coloris de la pudeur,
Simple ornement de l'innocence.

Et sa bouche, tendre et sans fiel,
Où l'amour sur ses bords se roule!

De ses lèvres, en flots de miel,
Que la persuasion coule.

Ton tableau muet parle aux yeux.
Que de beautés!... Attends... j'oublie...
Fais qu'à son port majestueux
La grace modeste s'allie.

Fais-lui l'embonpoint de Bacchus;
De Pollux la jambe divine;
Le cou de l'amant de Vénus;
D'Hermès la main et la poitrine.

Plein de feu, dans sa liberté,
Qu'aux vœux de Vénus il se rende;
Que le désir, la volupté,
Sur son corps brûlant se répande.

Donne l'élan à tes pinceaux...
Que ton art a de jalousie,
Dans l'ombre pour laisser le dos,
Du corps la plus belle partie.

Et ses pieds si beaux, si parfaits!...
Où trouver un digne modèle?
Ah! comment acquitter jamais
Le prix de ton œuvre immortelle!

Mets Bathyle où brille Apollon;
A Samos, un jour, peintre habile,
Tu peux, sans crainte de soupçon,
Peindre Apollon d'après Bathyle.

ODE XIII.

L'AIMABLE SOLITUDE.

Sous cet ombrage,
Quelle fraîcheur !
Zéphir volage,
Plein de douceur,
Avec mollesse,
De ces ormeaux,
Joyeux, caresse
Les verts rameaux.

Quel doux murmure,
Sous ce berceau,
Fait l'onde pure
De ce ruisseau !
Sa voix soupire
Des sons si doux !

Ils semblent dire :
Asseyez-vous.

Vit-on, Bathyle,
De plus beaux cieux
Qu'en cet asile
Fait pour les dieux !
Et de retraite
Aux bords plus frais,
Qui vous arrête
Par tant d'attraits !

ODE XIV.

L'AMOUR CAPTIF.

L'autre jour, surpris par les Muses,
L'Amour, de fleurs fut garotté,
Et fut traîné, malgré ses ruses,
Captif, aux pieds de la Beauté.

Vénus, dans sa douleur mortelle,
De son fils portant la rançon,
Vient briser sa chaîne nouvelle,
Et l'arracher à sa prison.

Mais l'Amour, que Plaisir entraîne,
Reste dans sa captivité,
Et se plaît à porter sa chaîne,
Heureux, bercé par la Beauté.

ODE XV.

MES AMOURS.

Compte, si tu t'en crois capable,
Les feuilles qui parent les bois;
Compte aussi tous les grains de sable
Que sur le bord des mers tu vois.

Pense aux combats, pense aux défaites,
Qu'essuya tant de fois mon cœur;
De mes amours, de mes conquêtes,
Je te fais seul calculateur.

D'abord par Athènes commence :
Mets vingt, puis quinze, bien comptés;
Dans Corinthe une foule immense,
Corinthe est fertile en beautés.

Dans Lesbos et dans la Carie,
Te dirai-je la quantité?
Dans Rhodes et dans l'Ionie,
Mets deux mille, sans vanité.

— Quoi? — Va, toujours... Et la Syrie,
Et Canope, charmant séjour,
Et Crète, où, jusqu'à la folie,
On célèbre en cent lieux l'Amour?

Et s'il fallait compter encore
L'Inde! Gadès! Ce n'est pas tout...
Ceux du couchant, ceux de l'aurore!
Je mettrais ta science à bout.

ODE XVI.

LA NICHÉE D'AMOURS.

Tous les ans, aimable hirondelle,
Avec la douceur du printemps,
Tu viens, à tes amours fidèle,
Construire ton nid dans nos champs.

Au premier orage qui gronde,
Aux premiers autans tu nous fuis.
Pour les champs que le Nil féconde,
Pour le ciel plus doux de Memphis.

Moi, je ne puis briser ma chaîne;
Mon cœur, assiégé tous les jours,
Ne pouvant respirer à peine,
Sert de nid sans cesse aux amours.

Là, toujours, par bandes nouvelles,
Les amours naissent à foison ;
Les uns vont essayant leurs ailes ;
D'autres entr'ouvrent leur prison.

Qu'un essaim prenne la volée ;
Ces amours aussitôt partis,
La famille est renouvelée
Par un autre essaim de petits.

A d'autres ils donnent naissance,
C'en est trop ! Il en vient toujours !...
Ah ! que faire ? Quelle puissance
Résisterait à tant d'amours !

ODE XVII.

L'ENLÈVEMENT D'EUROPE.

Quel est ce superbe taureau ?
De Sidon une jeune fille
A nos yeux, sur sa croupe, brille ;
Qu'il paraît fier de son fardeau !

Tout l'annonce, c'est Jupiter.
Sans crainte aux flots il s'abandonne,
Et sous ses pieds l'onde bouillonne ;
Moins prompte la flèche fend l'air.

Quel taureau, cherchant d'autres cieux,
Loin du troupeau, dans son audace,
Franchirait le liquide espace ?...
C'est lui, c'est le maître des Dieux.

ODE XVIII.

L'AMOUR PIQUÉ PAR UNE ABEILLE.

Une abeille, avec son butin,
Dans le calice d'une rose,
Dormait, quand l'Amour, un matin,
A cueillir la fleur se dispose.

L'Amour, par l'abeille surpris,
Piqué, voit sa main déchirée;
Il jette aussitôt les hauts cris,
Part, vole auprès de Cythérée.

Hélas! ma mère, je me meurs!
Et ma douleur est sans pareille.
Un monstre ailé cause mes pleurs;
Je suis piqué par une abeille.

Si de son aiguillon fatal
Tu maudis, mon fils, la piqûre,
Songe, songe combien de mal,
Amour, doit faire ta blessure!

ODE XIX.

LE SONGE.

Certaine nuit, naguère,
Je rêvais, folle erreur !
Que d'une aile légère
Je volais, plein d'ardeur ;

Et qu'Amour, sur ma trace,
Trahi, même dans son essor,
Par un lien qui l'embarrasse,
Sans courir m'atteignait encor !

Quel songe ! quel mystère !
Est-ce avis de l'Amour ?
Oui, mon cœur qu'il éclaire
L'interprète en ce jour :

De la beauté charmante
Aux fers échappé mille fois,
Celle qui me plaît et m'enchante
Pour toujours m'enchaîne à ses lois.

ODE XX.

LES FLÈCHES DE L'AMOUR.

De la déesse de Cythère,
Aux antres de Lemnos un jour,
L'époux, dans le désir de plaire,
Forgeait des flèches à l'Amour.

Pour amollir leur pointe aiguë
Vénus les trempe en un miel doux ;
Mais de fiel, vif poison qui tue,
Les humecte l'Amour jaloux.

Brandissant sa terrible lance,
Mars vainqueur apparaît soudain ;
Aux flèches de l'Amour il lance
Un regard rempli de dédain.

Mais l'Amour, piqué jusqu'aux larmes,
Dit alors au dieu des combats :
Plus redoutable que tes armes
Prends ce trait... vois... tu l'apprendras.

Mars le prend ; Vénus de sourire...
Il gémit... le rend à l'Amour...
Non, non, l'Amour malin de dire,
Et ton cœur en tient à son tour.

ODE XXI.

LES EFFETS DE L'OR.

Quel malheur, hélas ! quand on aime !
Quel malheur de ne point aimer !
Aimer, sans être aimé de même,
Est le malheur le plus amer !

A l'Amour que fait la science ?
Raison ! vertus ! il y tient peu ;
Il ne connaît pas de distance ;
L'argent est son unique dieu.

Maudit soit le premier dont l'âme
A Plutus dressa des autels !
Par lui seul la discorde infâme
Rompt tous les nœuds entre mortels.

C'est de lui que naissent les crimes,
La guerre et toute son horreur ;
Des amants il fait ses victimes ;
Est-il un plus affreux malheur !

ODE XXII.

VÉNUS GRAVÉE SUR UN DISQUE.

Sur ce disque, qui nous étonne,
Quel burin, dans son art vainqueur,
Façonna la mer qui bouillonne,
Des flots enchaîna la fureur ?

Quel génie, enflammé d'audace,
Osant s'élever jusqu'aux cieux,
Sur ces eaux, dans toute sa grace,
Grava Cypris, âme des dieux?

Belle, blanche, elle est toute nue;
Mais l'onde, trompant notre espoir,
Cache avec art à notre vue
Des trésors qu'on ne doit point voir.

Vénus, sur les flots balancée,
Comme la mousse, en sa blancheur,
Sur le sein de l'onde apaisée,
S'ouvre un passage avec ardeur.

Et la vague qu'elle devance,
Tombant en nappe, dans son cours,
De son sein, avec nonchalance,
Caresse les divins contours.

Et Cypris élève la tête
Sur les flots par ses bras conquis,
Comme sur l'humble violette
Se balance un superbe lis.

Et les dauphins, dans l'allégresse,
Portant une foule d'amours,
Dansent autour de la déesse
Et l'amusent par mille tours.

Les Tritons et les Néréides,
En chœurs, caressant ses appas,
En plongeant dans ces eaux limpides,
Semblent charmer ses doux ébats.

ODE XXIII.

SUR LES AMANTS.

Du feu sur la croupe un coursier
Porte l'empreinte ineffaçable ;
Parmi tous, le Parthe guerrier
Par sa tiare est remarquable.
On connaît sans peine un amant,
A son regard qu'Amour enflamme;
Réfléchissant joie et tourment,
Les yeux sont le miroir de l'âme.

ODE XXIV.

L'AMOUR, MAITRE DE L'UNIVERS.

C'est l'Amour que je chante,
L'Amour paré de fleurs;
Sa couronne est brillante
De leur mille couleurs.

Oui, du céleste empire
Il règle le destin;
A tout ce qui respire
Il parle en souverain.

ODE XXV.

A UNE FILLE INDIFFÉRENTE.

Pourquoi, jeune fille de Thrace,
Pourquoi ce regard ombrageux?
Pourquoi me fuir? Dis-moi, de grace,
Serais-je indigne de tes feux?

Sors-tu du trident de Neptune?
Fougueuse, pleine de dédain,
A te flatter inopportune,
Sans adresse crois-tu ma main?

Sache que je puis te soumettre,
Et te rendre facile au frein,
Comme le coursier, sous un maître,
De sa course fournit la fin.

Cours dans ces prés, libre, indocile;
En bondissant foule la fleur;
Un jour un maître plus habile,
Va, saura dompter ton ardeur.

ODE XXVI.

A UNE JEUNE FILLE.

Fille de la nature,
Que vos regards sont doux !
La vierge la plus pure
Les a moins beaux que vous.

Pourquoi toujours rebelle,
Toujours sourde à mes vœux,
D'un cœur tendre et fidèle,
Repoussez-vous les feux ?

ODE XXVII.

A UNE FILLE TIMIDE.

Jeune fille, au cœur éperdu,
Tu trembles comme un faon timide,
Au bois par sa mère perdu.....
Calme-toi. Viens; prends-moi pour guide.

ODE XXVIII.

LA CIGALE.

Que ton sort est digne d'envie,
O cigale heureuse et chérie !
La rosée humide des cieux,
Comme la céleste ambroisie,
Suffit au bonheur de ta vie ;
Tu chantes à charmer les dieux.

Aux arbres, où ta voix résonne,
Assise comme sur un trône,
Là, tout semble subir ta loi ;
Tout ce que la saison nous donne,
Les fleurs et les fruits de Pomone,
Tout ce que tu vois est à toi.

On t'aime pour ta tempérance ;
Partout on bénit ta présence ;
Les Muses aiment ton retour ;
Tu nous annonces l'abondance ;
Ta mélodieuse cadence
Enchante Apollon à son tour.

En don tu reçus la sagesse ;
Tu ne connais pas la vieillesse ;
Insensible à nos maux affreux,
Fille de l'air et de la terre,
Ton existence est un mystère
Comme l'existence des dieux.

ODE XXIX.

L'OR.

L'or est fugitif; il court vite,
Et, plus rapide que le vent,
A tire-d'ailes s'il me quitte,
(Ce qui m'arrive assez souvent)
Loin de voler à sa poursuite,
Je lui fais d'éternels adieux;
Irais-je arrêter dans sa fuite
Un ennemi si dangereux?

Débarrassé d'un poids funeste,
Soudain le bonheur me sourit;
Insouciant, riant et leste,
Rien ne vient troubler mon esprit.

Avec ardeur je prends ma lyre ;
A ses sons accordant ma voix,
Je célèbre, dans mon délire,
Le dieu qui m'enchaîne à ses lois.

Mais, jaloux de ma paix profonde,
L'or revient, chargé de soucis ;
Ma lyre vaut tout l'or du monde !
Loin de l'or je me réjouis.
Perfide, en vain ta voix me flatte ;
Entends plutôt mes chants d'amour !
Ma lyre ne m'est point ingrate ;
Va, je te méprise à mon tour.

Fuis, toi qui, par ton influence,
Remplis nos cœurs de passions ;
Qui veux, en m'imposant silence,
De ma lyre étouffer les sons ;
Fuis, toi qui, par ta perfidie,
Trompant nos amoureux desirs,

Viens mêler un poison impie
Dans la coupe de nos plaisirs.

Va, sous le ciel de la Mysie,
Va trouver tes adorateurs,
Peuples dévorés par l'envie,
Soumis à tes appâts trompeurs.
Non, je ne quitte point ma lyre,
Mon trésor, ma divinité,
Ni ma muse dont le sourire
Me promet l'immortalité !

LIVRE SECOND.

LIVRE SECOND.

❀

ODE PREMIÈRE.

SUR UNE GRANDE COUPE.

De cet argent fais-moi, Vulcain,
Non une armure redoutable,
(Mars ne vaut pas le dieu du vin)
Mais une coupe formidable.

Au moins sur ses flancs monstrueux,
Ne va point graver les Hyades,
Et tous les signes nébuleux
Et d'Orion et des Pléiades.

Mais qu'en des contours gracieux
La vigne, en serpentant, l'embrasse,
Et que son fruit délicieux
En guirlandes pende avec grace.

De couleur d'or fais que son jus,
En courant, coule en onde agile,
Pressé par les pieds de Bacchus,
Et de l'Amour et de Bathyle.

ODE II.

SUR UNE PETITE COUPE.

Elève du dieu de Lemnos,
Remplis dignement mon attente ;
De cet argent, sous tes ciseaux,
Qu'il sorte une coupe charmante.

Grave, sur ses flancs délicats,
La saison que parent les roses,
Les festins, les joyeux ébats,
Et d'amour les métamorphoses.

Éloigne surtout de nos yeux
Des barbares les sacrifices,
Les expiations aux dieux,
Que souille le sang des supplices.

ODE IV.

LE PRINTEMPS.

Le printemps paraît à nos yeux ;
Dans sa prison à peine éclose,
Voyez, de leurs doigts gracieux,
Les Graces entr'ouvrir la rose.

Voyez la mer, ses flots en paix ;
L'alcyon fait son nid sur l'onde ;
Chassant les nuages épais,
Le soleil brille sur le monde.

La grue, au loin, de ce climat,
Fuit les heureuses influences ;
Voyez la terre, avec éclat,
Étaler ses trésors immenses.

L'olive se montre soudain
Et les fruits naissants de Pomone ;
La vigne, d'où jaillit le vin,
De ses pampres verts se couronne.

A travers les rameaux touffus,
Et les feuilles qui les abritent,
Entr'ouvrant leurs légers tissus,
Partout les fruits se précipitent.

ODE V.

FEUX D'AMOUR.

Verse, verse, jeune beauté ;
Calme ma chaleur dévorante ;
Je veux boire à satiété
De cette liqueur pétillante.

Change mes couronnes de fleurs
En d'autres fleurs fraîchement nées :
De mon front brûlant les vapeurs
Les font tomber toutes fanées !

Et si de mes amours ardents
Au dehors éclatait la flamme !
Mais, captive, tout au dedans,
Elle ne brûle que mon âme.

ODE VI.

LES RICHESSES.

Si Plutus, flattant nos faiblesses,
Des mortels prolongeait les jours,
J'amasserais d'amples richesses,
Et l'or seul ferait mes amours.

Si la mort, dont l'aspect nous glace,
Un jour fondait sur moi, soudain
Je lui dirais : Tiens, prends, va, passe ;
Plus loin, là-bas, est ton chemin.

Mais si de notre frêle trame
L'or ne peut retarder la fin,
Hélas ! pourquoi livrer son âme
Au désespoir, au noir chagrin ?

Allez, fuyez : vaines richesses,
Fuyez ; le destin est plus fort ;
Et d'autres auront mes caresses,
Si mourir est l'arrêt du sort.

Qu'un seul soin occupe la vie !
Amis, rire et fêter Bacchus !
Et sur une couche fleurie,
Aimer et combattre Vénus !

ODE VII.

LE PRIX DE LA VIE.

Que m'importe, roi de Lydie,
Gygès, ta faveur, ton trésor !
Non, vous n'avez rien que j'envie,
Rois, assis sur vos trônes d'or !

Parfumer ma barbe ondoyante,
Des roses sentir la fraîcheur,
M'endormir au sein d'une amante,
Voilà mon souci, mon bonheur.

Mortel, du beau jour qui t'éclaire,
Jouis ; le temps est incertain ;
Et c'est toujours une chimère
De compter sur le lendemain.

Joue et bois; jouis de la vie,
De peur qu'en te brisant le cœur,
La mort, dans sa cruelle envie,
Ne te dise : Arrête, buveur.

ODE VIII.

SACRIFICE A BACCHUS.

Voyez, gravissant les montagnes,
Liconia, le thyrse en main,
Glaucé, Xantippe, ses compagnes,
Allant fêter le dieu du vin.

Elles apportent en offrandes
Du lierre, cueilli le matin,
Un bouc gras, orné de guirlandes,
Et des corbeilles de raisin.

ODE IX.

LA MORT PRÉFÉRABLE.

Heureux, lorsque de sa liqueur,
Bacchus et m'échauffe et m'enivre,
Je sens s'endormir ma douleur;
Plus doucement je me sens vivre.

Que me fait la faveur d'un roi?
Je ris, je chante et déraisonne...
Crésus est moins riche que moi;
Je foule aux pieds sceptre et couronne.

Battez-vous. Je bois tant et plus...
Versez! versez!... Ma coupe, esclaves!
Que je meure aux bras de Bacchus,
Plutôt que de la mort des braves.

ODE X.

LE SONGE.

Couché sur des tapis moelleux,
Après un aimable délire,
Bacchus vient me fermer les yeux,
Et l'Amour paraît me sourire.

Je vois un essaim de beautés
Voltiger, semblables aux Graces;
Moi, comme une ombre à leurs côtés,
Léger, je vole sur leurs traces.

Bientôt d'amours malicieux
Je deviens la triste victime;
Ils m'agacent, et de mes jeux,
En se moquant me font un crime.

Quand la volupté de sa voix
M'appelle à d'ardentes caresses...
Tout fuit, disparaît à la fois,
Beautés, desirs, bonheur, ivresses!

Seul, abattu par la douleur,
Dans le sommeil je me replonge,
Pour saisir encor le bonheur
Dont je jouissais dans mon songe.

ODE XI.

PRIÈRE A BACCHUS.

O Bacchus ! toi qui, dans notre âme,
Verse un baume consolateur !
De la liqueur qui nous enflamme,
Toi, le divin dispensateur !

D'un ami de ton culte aimable
Embrase le cœur de tes feux...
Vaincu par ton charme adorable,
Gaîment je chante et suis heureux !

Vibre à mon cœur, lyre sonore ;
Chantez, chantez, louez Bacchus !
Je veux, je veux danser encore,
Et mourir aux bras de Vénus !

ODE XII.

VOEU DE BOIRE JUSQU'A LA FOLIE.

Oui, boire est ma douce folie ;
Des dieux c'est la loi, la leçon ;
Je veux boire jusqu'à la lie,
Et perdre une fois la raison.

Cruels meurtriers de leur mère,
On nous dit qu'Oreste, Alcméon,
Saisis d'horreur, dans leur misère,
Tous deux perdirent la raison.
Pour moi, dans le sang de personne
Je n'ai jamais trempé ma main ;
Du dieu que l'on fête en automne
J'aime à boire le rouge vin.

Oui, boire est ma douce folie ;
Des dieux c'est la loi, la leçon ;
Je veux boire jusqu'à la lie,
Et perdre une fois la raison.

Brandissant la lance d'Iphite,
Alcide devient furieux ;
Ajax, que la folie excite,
Du glaive menace les Dieux ;
Je ne veux ni lance ni glaive,
Couronne en tête, coupe en main,
Pour moi, je veux boire sans trève,
Je veux boire du rouge vin.

Oui, boire est ma douce folie ;
Des dieux c'est la loi, la leçon ;
Je veux boire jusqu'à la lie,
Et perdre une fois la raison.

ODE XIII.

A BACCHUS.

Gais buveurs, célébrons Bacchus ;
Chantons ses bienfaits, sa puissance !
Chéri de l'Amour, de Vénus,
Il aime le chant et la danse.

C'est lui, le père des buveurs,
Qui fait naître la douce ivresse ;
C'est lui, le père des trois Sœurs,
Qui change en gaîté la tristesse.

Que des beautés, charmant nos yeux,
Nous apportent des coupes pleines !
Jouets des vents impétueux,
Aussitôt s'envolent nos peines.

Buvons et chassons le chagrin ;
Le nourrir au cœur est folie.
Qui sait l'avenir incertain ?
Quoi de plus obscur que la vie !

Dans le délire de Bacchus,
Abandonnons-nous à la danse ;
Caressons l'aimable Vénus,
Et parfumons nos corps d'essence.

Se livrer aux chagrins aigus,
Mes amis, est une démence ;
Gais buveurs, célébrons Bacchus ;
Chantons ses bienfaits, sa puissance !

ODE XIV.

LE BONHEUR DE LA VIE.

Avec Bacchus, l'ami des jeux,
J'aime à danser et j'aime à rire;
A table à des amis joyeux,
J'aime à faire entendre ma lyre.

Sur ma tête j'aime à tresser
L'hyacinthe et la rose humide;
J'aime surtout à caresser
Une beauté tendre et timide.

Je fuis l'envie et ses serpents
Qui dévorent l'âme flétrie;
Je fuis la langue des méchants
Semant partout la calomnie.

Dans les festins où le plaisir
Doit seul présider par ses charmes,
Je hais le bruit qu'on voit finir
En invoquant le sort des armes.

Faisons danser jeune beauté,
Aux sons d'une douce harmonie,
Nous porterons avec gaîté
Le fardeau léger de la vie.

ODE XV.

LE BANQUET.

Donnez-moi la lyre d'Homère,
Aux sons inspirés par les cieux ;
Mais sans la corde sanguinaire,
Consacrée aux combats des dieux.

Suivant les lois et les usages,
Donnez-moi les coupes au vin !
Que je recueille les suffrages
Pour élire un roi du festin !

Dansons aux accords de la lyre ;
Sages, buvons du jus divin ;
Chantons, pleins d'un charmant délire,
Les louanges du dieu du vin.

ODE XVI.

LE TRIOMPHE DE BACCHUS.

Peintre fameux, prends ton pinceau ;
A ma Muse prête l'oreille ;
Suis mes chants et fais un tableau
Digne des dieux, une merveille.

Peins-nous de l'aimable Bacchus,
Peins-nous le triomphe et la gloire,
A ses pieds les peuples vaincus,
Heureux et chantant sa victoire.

Peins-nous de sa bruyante cour
Les Jeux, les Ris et les Bacchantes,
Dansant, excités par l'Amour,
Aux sons des flûtes éclatantes.

Peins-nous, accourant sur ses pas,
S'il est possible à ta science,
Les cités, en joyeux ébats,
Venant saluer sa présence.

De ses nombreux adorateurs
Peins-nous la foule vagabonde,
Dans l'ivresse, chantant en chœurs
Ses bienfaits que bénit le monde.

ODE XVII.

FOLIE.

D'un fol amour le cœur épris
Pour la gracieuse Cybèle,
Atys, furieux, de ses cris
Fait retentir l'écho fidèle.

Des prêtres sacrés d'Apollon,
Claros, aux ondes prophétiques,
Fait perdre la sage raison
Dans des extases frénétiques.

M'inonder d'un parfum divin,
Caresser maîtresse jolie,
Fêter le joyeux dieu du vin,
Voilà mes fureurs, ma folie!

ODE XVIII.

APOLLON.

Dans mon transport, avec vigueur,
Je veux faire vibrer ma lyre;
Lutte, combat, palme au vainqueur,
Gloire n'est pas ce qui m'inspire;
Mais un desir, digne des dieux,
Dont le sage seul, en son âme,
Dans son commerce avec les cieux,
Entretient en secret la flamme.

Des Phrygiens suivant les lois,
De mon plectre touchant ma lyre,
Je veux des accents de ma voix
Que l'air retentisse et soupire;

Ainsi, dans le ravissement,
La voix du cygne, aux blanches ailes,
Jointe à leur doux frémissement,
Frappe au loin les échos fidèles.

Et toi, Muse, dans mon essor
Soutiens-moi, daigne me sourire ;
Apollon, sur son trépied d'or,
Chérit le laurier et la lyre.
D'Apollon je chante l'amour,
Passion à son cœur fatale,
Qui, n'éprouvant aucun retour,
Dans les airs vainement s'exhale.

La Nymphe, objet de tous ses vœux,
Fuit l'amant divin qui l'adore ;
Timide, elle s'adresse aux dieux,
Et de la sauver les implore.
Blessé d'un refus inhumain,
Le dieu vole après la cruelle ;

Elle perd sa forme soudain
Pour prendre une forme nouvelle.

En rameaux s'allongent ses bras,
Et leurs feuilles au vent frémissent ;
L'écorce couvre ses appas ;
En racines ses pieds finissent.
Le dieu, dans ses transports fougueux,
Saisit les rameaux, les embrasse,
Et croit réchauffer de ses feux
L'arbre insensible qu'il enlace.

Mais où voles-tu, mon esprit ?
Quelle belle fureur t'entraîne ?
Un sujet plus doux te sourit ;
Laisse-là Vénus et sa chaîne...
D'Anacréon suis les leçons ;
Il a la sagesse en partage ;
De Phébus fuyant les rayons,
Viens boire sous l'épais feuillage.

ODE XIX.

L'ÉTÉ.

De ces prés qu'il est doux
De fouler la verdure,
Quand le zéphir jaloux
Caresse leur parure!

De Bacchus quel plaisir
D'admirer le feuillage,
Et de se rafraîchir
Sous son épais ombrage!

Quel bonheur, dans ce lieu,
De presser son amante,
Dont Vénus, tout en feu,
Embrase l'âme aimante!

ODE XX.

L'EAU ET LE VIN.

Je veux boire à grands traits ! De grace,
Qu'on m'apporte un grand vase plein !
Mais, non. Qu'on verse dans ma tasse
Dix fois d'eau sur cinq fois de vin.

Je veux redevenir plus sage ;
Bacchus, le serai-je demain ?
Aujourd'hui, sans te faire outrage,
Oui, je mets de l'eau dans mon vin.

ODE XXI.

LA DOUCE ORGIE.

Amis, fêtons Bacchus !
Buvons, mais sans folie ;
Buvons, sans bruit confus,
Et loin de nous l'orgie.

A la fureur enclin,
N'imitons pas le Scythe,
Qu'à table, en un festin,
Le vin toujours irrite.

Mais sagement buvons
De ces vins délectables,
Au doux bruit des chansons,
A Bacchus agréables.

ODE XXII.

LES TROIS COURONNES.

Pleins d'un vin doux,
Sur nos personnes,
Nous avions tous
Nos trois couronnes.

Deux de la fleur,
A Vénus chère
Par sa fraîcheur ;
L'autre de lierre.

ODE XXIII.

LE CONVIVE.

Je n'aime point, en un festin,
Au choc bruyant des coupes pleines ,
Un convive, enflammé de vin,
Racontant des histoires vaines ;
Parlant sans cesse de combats,
Ou de querelle ou de dispute,
Criant à ne s'entendre pas,
Et provoquant à quelque lutte.

Mais j'aime un convive joyeux,
Qui toujours rit, plaisante, amuse,
Chante Vénus, les Ris, les Jeux,
Inspiré par sa tendre Muse;

Qui, jouant avec les Amours,
Enchante notre âme attentive,
Et dont les aimables discours
Arrêtent l'heure fugitive.

ODE XXIV.

LA ROSE.

Que la rose au pampre s'unisse;
De guirlandes ceignons nos fronts;
Bacchus veut qu'on se divertisse;
Sous les roses gaîment buvons.

Des fleurs la rose est la plus belle;
Du printemps la rose est l'amour;
La rose est la joie éternelle
Des dieux, en leur céleste cour.

De roses se parent les Graces,
Dans leurs danses avec l'Amour;
Les roses naissent sur leurs traces;
La rose à Vénus sert d'atour.

La lyre en main, couronne en tête,
Dansons aux autels de Bacchus ;
Accourez embellir la fête,
Vous, beautés dignes de Vénus !

ODE XXV.

LA NAISSANCE DE LA ROSE.

Ami, que je chante la Rose,
Dont se couronne le printemps ;
Prends ta lyre qui se repose ;
Accompagne mes nobles chants.

La Rose est d'essence divine ;
Sa beauté, chère aux immortels,
Et qui trahit son origine,
Fait les délices des mortels.

Reine de toute la nature,
Dans l'éclat de ses plus beaux jours,
Des Graces elle est la parure,
A la saison, chère aux amours.

De Vénus elle fait les charmes ;
Les Muses aiment son odeur ;
Pour l'amant ses piquantes armes
Ne sont pas sans quelque douceur.

C'est son oracle en son martyre ;
Plaçant sa feuille sur la main,
Au bruit qu'en frappant il en tire,
Il croit apprendre son destin.

La Rose est la fleur du poète ;
Dans les banquets, dans les festins,
Bacchus s'en couronne la tête :
Par elle meilleurs sont les vins.

La Rose embellit toutes choses ;
Vénus en reçoit ses appas ;
Et l'Aurore a des doigts de roses ;
De roses la Nymphe a les bras.

Aux maux que le ciel nous envoie,
Elle est un baume bienfaisant;
A la mort disputant sa proie,
Elle nous sauve du néant. *

En vain le temps, dans sa furie,
Livre ses feuilles aux autans;
Vieille, sans couleur et flétrie,
Suave, elle ravit nos sens.

Disons maintenant sa naissance....
Du milieu des flots écumeux,
Lorsque, dans toute sa puissance,
Vénus apparut à nos yeux;

Lorsque Minerve, tout armée,
Sortit du cerveau de Jupin,
La terre, à tant d'éclat charmée,
Enfanta le rosier divin.

* La rose était employée en médecine et dans d'embaumer les corps.

Sur la Rose qu'arma l'épine
Les dieux versèrent le nectar ;
Changée en couleur purpurine,
Bacchus en fit son étendard.

ODE XXVI.

DÉLIRE BACHIQUE.

Quand je bois, mon âme est charmée ;
Et le plaisir coule en mes sens ;
Par le vin ma voix enflammée
Aux Muses adresse ses chants.

Quand je bois, les peines cruelles
Cessent de me navrer le cœur ;
Les vents, sur leurs bruyantes ailes,
Au loin emportent ma douleur.

Quand je bois, flattant mon délire,
Bacchus, par jeux animé,
Me transporte au céleste empire,
A travers l'éther parfumé.

Quand je bois, ma tête ravie
Se couronne gaîment de fleurs ;
Du cours tranquille de la vie,
Heureux, je chante les douceurs.

Quand je bois, sur moi, dans l'ivresse,
Je répands des parfums exquis ;
J'enlace en mes bras ma maîtresse,
Je la presse et chante Cypris.

Quand je bois, au fond de ma tasse,
Je trouve les joyeux propos ;
Aux Bacchanales je prends place
Près de jeunes gens bien dispos.

Quand je bois, est-il dans la vie
Un gain plus assuré, plus doux,
Que j'emporte, malgré l'envie,
Dans la tombe où nous allons tous ?

LIVRE TROISIÈME.

LIVRE TROISIÈME.

ODE PREMIÈRE

LE PRIX DU TEMPS.

Sur les feuilles du myrthe tendre,
Et sur le lotos oublieux,
Nonchalamment je veux m'étendre,
Et boire le nectar des dieux.

Pour remplir librement ton rôle,
Relève, esclave, ton manteau ;
Attache-le sur ton épaule,
Et verse, verse de nouveau.

Voyez ce char qui fuit et roule;
Il disparaît! Ainsi de nous!
Le temps qui, rapide, s'écoule,
Change en poudre nos os dissous.

Après la mort vaut-il la peine
D'apaiser les dieux infernaux
Par une libation vaine,
Par des parfums versés à flots!

Viens, parfume-moi, ma maîtresse,
Tant que bat mon cœur amoureux;
De roses que ta main s'empresse
D'ombrager mon front radieux.

Nous irons aux royaumes sombres;
Mais avant d'y descendre, amis,
Danser en rond avec les ombres,
Dans le vin noyons nos ennuis.

ODE II.

BACCHANALE.

En couronne tressez la rose ;
Qu'elle pare mon front brûlant ;
A rire, amis, qu'on se dispose ;
Fêtons ce Bacchus pétillant!

Saisis le thyrse des Bacchantes
Qu'agitent des transports fougueux !
Bondis, dans tes danses bruyantes,
Jeune fille, aux pieds gracieux !

Qu'à nos jeux la Pectis préside ;
Jeune homme, aux cheveux parfumés ,
Que de ta voix douce et limpide
Sortent des accents enflammés.

De Comus, aux vieillards prospère,
Bacchus, ennemi des chagrins,
Amour, vous, reine de Cythère,
Venez embellir les festins!

ODE III.

A UNE JEUNE FILLE.

Pourquoi me fuir avec rigueur?
D'où vient cette extrême contrainte?
Quoi! de mes cheveux la blancheur
Fait-elle naître tant de crainte?

Cesse, cesse tant de mépris;
Qu'à m'aimer ton cœur se dispose;
Sache qu'à la blancheur du lis
Avec amour s'unit la rose.

ODE IV.

LA VIEILLESSE ENJOUÉE.

Je suis vieux, je l'avoue ;
Malgré le poids des ans,
Oui, je bois et je joue,
Mieux que vous, jeunes gens.

A danser qu'on m'invite ;
Je danse sans façon ;
Une outre, qui m'excite,
Me tient lieu de bâton.

Descendez dans l'arène ;
Livrez-vous des combats ;
Pourquoi m'en mettre en peine ?
Entre vous les débats.

Ma coupe! à boire! encore!
Et versez sans repos;
Au miel, que l'or colore,
Du vin mêlez les flots.

Je suis vieux, je l'avoue;
Mais Silène était vieux;
Oui, je bois et je joue
En imitant les dieux.

ODE V.

LA VIEILLESSE.

J'aime un vieillard joyeux,
Un jeune homme qui danse;
J'aime un vieillard fougueux,
Et qui saute en cadence.

Il est vieux, décrépit;
Qu'importe sa vieillesse,
S'il a dans son esprit
Le feu de la jeunesse!

ODE VI.

LE RETOUR DE BACCHUS.

Enfin le voilà de retour
Ce Dieu qui rend, par sa présence,
Le jeune homme ardent à l'amour,
Vaillant et superbe à la danse.

De l'exil il revient vers nous,
Avec sa face rubiconde
Et son philtre aux mortels si doux ;
De plaisirs il remplit le monde.

Il apparaît, et le raisin,
Mûr sous les feuilles jaunissantes,
Sent déjà bouillonner le vin
Dans les flancs des grappes pendantes.

Tombant sous le tranchant du fer,
Quand de ses pieds Bacchus les foule,
Avec le vin, comme un éclair,
Dans mes veines le bonheur coule.

Sa vertu chasse le chagrin;
Il rajeunit; en nous tout change;
Il réjouit l'esprit enfin,
Grace au retour de la vendange!

ODE VII.

LA VENDANGE

O Bacchus ! partout tu pétilles !
Le raisin noir charme nos yeux ;
Tous, à l'envi, garçons et filles,
Cueillent ce fruit délicieux.

Et le portant dans des corbeilles ,
Pliant sous le poids, pleins d'espoir,
De la dépouille de nos treilles
Ils enrichissent le pressoir.

Dans la cuve cède la grappe
Aux pieds vigoureux des garçons;
La liqueur, à flots, s'en échappe,
Aux cris de joie et des chansons.

Et du charmant dieu des vendanges,
En chœurs, dans un hymne nouveau,
Mille voix chantent les louanges,
Quand de vin s'emplit le tonneau.

De libations enivrantes,
Transporté, le vieillard heureux
Danse sur ses jambes tremblantes,
Et livre aux vents ses blancs cheveux.

Et le jeune homme, plein d'audace,
De la beauté, dans le sommeil,
Sous l'ombrage, cherche la trace
Pour la surprendre à son réveil.

C'est en vain que l'amour se flatte ;
Elle se rit de ses aveux ;
Mais lui, fougueux, presse l'ingrate....
La force couronne ses vœux.

Bacchus, dans l'ardeur qui l'enflamme,
De la jeunesse, sans raison,
A la folie excite l'âme,
En s'excusant sur la saison.

ODE VIII.

LE VIEILLARD EN GAÎTÉ.

Lorsque je vois de jeunes gens
Une troupe joyeuse,
Hébé paraît en même temps
Agaçante et rieuse.

A cet aspect je rajeunis,
Heureux, je danse et chante,
Et je me livre aux jeux, aux ris,
Plus fou qu'un Corybante.

Couronnez ma tête de fleurs !
Fuis loin d'ici, vieillesse !
Rajeuni, je me mêle aux chœurs
De la folle jeunesse.

Qu'on m'apporte du jus divin
De l'automne chérie !
Bacchus, verse, verse sans fin
Dans ma coupe fleurie.

Suis-je vieux à voir mon ardeur
A parler, boire et rire?
Suis-je vieux à voir ma vigueur
Dans un fougueux délire ?

ODE IX.

LE TARTARE.

Les cheveux blancs couvrent ma tête ;
Plus de graces, plus d'agrément,
J'ai tout perdu par la tempête,
Et ma bouche est sans ornement.

Je suis vieux, mon âme flétrie
A vu s'envoler le plaisir,
Et tout me dit que de la vie
Je n'ai plus long-temps à jouir.

Je soupire et crains le Tartare,
Triste abîme, à l'horrible accès !
On descend chez Pluton avare,
Hélas ! on n'en revient jamais !

ODE X.

LE VIEILLARD AU BORD DE SA TOMBE.

Quoi ! direz-vous toujours, mes belles,
Anacréon, tu te fais vieux !
Consulte ces miroirs fidèles,
Regarde et compte tes cheveux.

Du temps vois la profonde trace
Sillonner ton front chauve et nu...
— De cheveux qu'importe, de grace,
Que je sois ou non dépourvu !

Mais plus un vieillard voit sa tombe
Sous ses faibles pas s'élargir,
Et plus, avant qu'il ne succombe,
Il doit rire et se divertir !

ODE XI.

EMPLOI DE LA VIE.

Par le sort lancé dans la vie,
Mortel, j'en parcours le chemin,
Sûr de la carrière fournie,
Mais du reste très incertain.

De mes jours n'use point la trame;
Loin de moi, chagrin importun;
En vain tu veux flétrir mon âme;
Fuis : entre nous quoi de commun?

Avant que sur la rive noire
La mort précipite mes pas,
Je veux rire, danser et boire,
Je défie ainsi le trépas.

ODE XII.

MA SCIENCE.

A quoi peut me servir d'apprendre ,
Rhéteurs, vos règles et vos lois?
Cessez, je ne puis rien comprendre
A tous vos sophismes adroits.

Apprenez-moi plutôt à boire,
A faire au dieu du vin ma cour ;
Si plutôt vous voulez m'en croire,
Apprenez-moi les jeux d'amour.

Que dis-je, hélas ! et sur ma tête
Mes cheveux brillent de blancheur !
De l'eau ! non, du vin qu'on m'apprête !
Le vin seul ranime le cœur.

D'un voile épais la mort cruelle
Bientôt viendra couvrir mes yeux ;
Versez ! tout finit avec elle ;
La mort nous interdit les vœux.

ODE XIII.

BACCHUS CONSOLATEUR.

Bacchus, dieu de l'aimable joie,
Doucement endors mon chagrin !
Peines, tourments, que je vous noie
Dans des flots écumeux de vin !

Mortel, de ton heure dernière
En vain tu repousses l'horreur ;
Que faire donc sur cette terre ?
Errer en triste voyageur !

Qu'un autre aux soucis soit en proie ;
Buvons, amis, du jus divin !
Bacchus, dieu de l'aimable joie,
Doucement endors mon chagrin !

ODE XIV.

HYMNE A DIANE.

Fille du maître du tonnerre,
Qui des fiers habitants des bois
Domptez la fureur sanguinaire,
O Diane ! écoutez ma voix.

Venez sur ce triste rivage,
Baigné par les eaux du Léthé,
Venez relever le courage
D'un peuple dans l'adversité !

Ayez pitié, je vous supplie,
De ses maux et de sa douleur ;
Sur ma malheureuse patrie
Jetez un regard protecteur !

ODE XV.

LA MÉDIOCRITÉ.

Sans nulle ambition et content de mon
[sort,
Je ne desire point la corne d'abondance,
Ni ce que je pourrais, tyran, amasser
[d'or,
Si je régnais cent ans sur état immense.

ODE XVI.

POSÉDÉION (MOIS DE NEPTUNE).

Le ciel, en perdant sa beauté,
Se couvre de sa robe brune ;
Vers nous avec rapidité,
S'avance le mois de Neptune.

Déjà les nuages affreux,
Chargés d'eau, menacent nos têtes ;
Déjà de leurs flancs orageux,
En grondant, sortent les tempêtes.

ODE XVII.

LA MAUVAISE FEMME.

Fuyez cette femme bruyante,
Dont la turbulente clameur
Égale la mer mugissante
Que gonflent les vents en fureur.

En partage elle a tous les vices ;
N'accomplissant aucun devoir,
Son ventre fait tous ses délices ;
Elle boit du matin au soir.

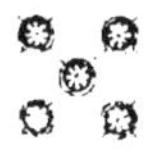

ODE XVIII.

ÉPITHALAME.

Source féconde de la vie,
Hymen, vous, Vénus, vous, Amour,
A qui la terre est asservie,
C'est vous que je chante en ce jour.

O toi, dont l'âme est oppressée,
Ouvre les yeux, heureux mortel;
Regarde et vois ta fiancée,
Tremblante, marcher à l'autel.

Déjà l'aurore virginale
Reçoit le salut de nos chants;
Déjà la perdrix matinale
A quitté son nid pour les champs.

Stratoclès, époux de Murille,
Lève-toi, vole dans ses bras ;
Vois de quel éclat elle brille
Par sa parure et ses appas.

Sa présence agite nos âmes.
La rose est la reine des fleurs ;
Murille est la rose des femmes ;
Elle règne sur tous les cœurs.

Mais du soleil qui nous éclaire
Sur ta couche glisse un rayon ;
Qu'il l'échauffe dans sa carrière,
Et donne-nous un rejeton.

ODE XIX.

A TIMOCRITE.

Magnanime dans les combats,
Ici repose Timocrite;
Mars conduit le brave au trépas;
Il épargne un lâche hypocrite.

ODE XX.

A AGATHON.

Abdère, d'Agathon tu vois les funé-
[railles,
Pleure! il fut enlevé trop tôt à nos
[amours!
Jamais Mars, si cruel, au milieu des
[batailles,
D'un plus digne héros a-t-il tranché
[les jours?

ODE XXI.

A CLÉNORIDE.

Clénoride, quel fut ton sort !
L'amour sacré de la patrie,
Hélas ! t'a fait trouver la mort
Bien loin de la terre chérie !

Du ciel de l'hiver engourdi
Bravant la funeste influence,
Au vent orageux du midi
Tu te livres sans défiance.

Mais de la perfide saison,
Jeune encor, tu tombes victime ;
Et les flots, dans leur trahison,
T'engloutissent dans leur abîme.

ODE XXII.

LA GÉNISSE FONDUE PAR MYRON

La vieillesse en airain changea cette gé-
[nisse !
Et Myron, trompant les humains,
Nous fait croire que l'art, à son talent
[propice,
Seul, la fit sortir de ses mains.

Berger, un peu plus loin, choisis un pâ-
[turage,
De peur qu'en quittant ce vallon,
Pour être du troupeau tu ne prennes l'i-
[mage
De la génisse du Myron.

ODE

D'UN ANCIEN POÈTE A ANACRÉON.

Plongé dans un profond repos,
Je vis Anacréon en songe ;
Le divin chantre de Téos
M'appelle ; heureux de mon mensonge,
A cette voix hâtant le pas,
Le cœur bondissant d'allégresse,
Je vole aussitôt dans ses bras,
L'étreint, le baise et le caresse.

Le temps, de son cruel affront,
Avait empreint sur lui les traces ;
Malgré les rides de son front,
Il était beau, rempli de graces ;

Il venait de fêter Bacchus ;
On le sentait à son haleine ;
De sa main le fils de Vénus
Soutenait sa marche incertaine.

Bienveillant pour moi, de son front,
Le vieillard ôte sa couronne,
(Qu'elle sentait Anacréon !)
En souriant il me la donne.
Je m'en pare ; depuis ce jour,
Malgré moi, toujours je soupire ;
Dévoré des feux de l'Amour,
Pour ce dieu seul mon cœur respire.

NOTES.

NOTES

SUR

QUELQUES ODES D'ANACRÉON.

LIVRE PREMIER.

ODE PREMIÈRE.

Cette Ode, dans le texte, a évidemment un refrain, car la même pensée y est répétée trois fois d'une manière à peu près périodique ; les mots sont les mêmes, excepté le verbe qui est synonymique.

ODE II.

Je n'ai pas suivi l'explication adoptée jusqu'ici, relativement à Γυναιξὶν οὐκ ἔτ' εἶχεν. Je la crois un contresens. Ce qui suit ne peut pas faire supposer que la nature fût épuisée, puisqu'elle donne à la femme la beauté, qui la rend victorieuse de tout dans l'univers.

ODE III.

La Fontaine a imité cette Ode avec toute la grace qui le caractérise ; il a pris même de très grandes libertés. Quoique charmante, ce n'est point Anacréon. Plusieurs traducteurs ont craint de la traduire après La Fontaine. J'ai pensé qu'on me pardonnerait ma témérité en faveur de la fidélité de ma traduction.

ODE XI.

Mon opinion est qu'on doit lire Ῥοδίης et non Ῥοδέης.

La prédilection d'Anacréon pour la rose, dont le culte éclate dans la plupart de ses Odes, tout porte à croire qu'il s'adresse à un peintre dont le talent délicat et la touche légère étaient en grande réputation. En effet Anacréon ne pouvait confier le soin de faire le portrait de sa maitresse qu'à un peintre habile, propre à peindre toute la délicatesse d'une rose à laquelle il compare la femme.

ODE XII.

Τὰ δὲς ἄκρον ἡλιώσας : *à l'extrémité de couleur de soleil*, c'est-à-dire *dorés*. Ce devait être un usage de mettre de la poudre d'or sur les cheveux. Les Romains avaient cette habitude qu'ils avaient pu emprunter aux Grecs. C'est ainsi que j'ai compris ce passage.

Κυανωτέρη δρακόντων : *de la couleur d'azur des serpents.* Dans la peinture le noir des cheveux, sur lesquels se reflète un rayon de lumière, paraît de couleur d'azur, comme effectivement on en voit au dos de quelques serpents. Cette opinion est peut-être hasardée ; mais l'effet de ce jeu de lumière n'en existe pas moins.

ODE XV.

Τί φῄς, ἀεὶ κηρῷ θές. *Quoi ! dit-il. — Mets toujours sur la cire ; écris, va toujours.* Κηρῷ θές, en deux mots et non κηρωθεὶς en un seul ; θές de τίθημι. Il ne peut pas y avoir d'autre manière de comprendre κηρῷ θεὶς. Ce passage fait supposer nécessairement que celui auquel s'adresse Anacréon avait des tablettes en cire (comme l'on s'en servait à cette époque) pour enregistrer le nombre de ses amours. L'expression Λογιστήν, *calculateur*, donn eune nouvelle force à cet argument.

Aucun des nombreux commentateurs et interprètes d'Anacréon, depuis Ezychius et Henri Étienne, n'a bien rendu ce passage.

ODE XX.

Il règne dans cette Ode une allégorie des plus ingénieuses. Malgré les différentes opinions des savants interprètes, je n'ai pas cru m'arrêter à aucune, et j'ai écarté l'acception propre de στιβαρόν et de βαρύ, qui, applicable à la lance de Mars et aux flèches de l'Amour, peut plutôt signifier *redoutable* que *pesant*, qui n'offre pas un sens clair ; tandis que l'acception figurée *redoutable* rend intelligible la pensée qui domine dans ce charmant poème.

ODE XXV.

Les opinions sont partagées au sujet de cette Ode. Les uns ont pensé qu'Anacréon avait voulu parler d'une cavale; d'autres n'y ont vu qu'une allégorie, et ont pensé qu'Anacréon, sous ce voile, s'adressait à une jeune fille fière et dédaigneuse.

Je me suis rangé à ce dernier sentiment, d'autant que πῶλε signifie jeune fille comme cavale.

ODE XXVI.

J'ai osé me déclarer tout à fait en opposition avec tous les interprètes, commentateurs et lexicographes, dont l'opinion en général est qu'Anacréon s'adresse, dans cette Ode, à un jeune garçon.

Je repousse cette idée comme fausse et comme suggérée par une pensée aussi fausse d'une passion pour Bathyle, bien mal interprétée, comme je le prouve dans mon discours préliminaire.

Ainsi, ὠ παῖ, παρθένιον βλέπων ne voudrait pas dire : *O bel enfant, qui as le regard d'une jeune fille* ; mais à mon avis : *O jeune fille au regard d'une vierge.*

Παῖς signifie aussi jeune fille.

Παρθένιον signifie virginal.

Je ne m'étendrai pas davantage sur ce sujet ; mais le contresens est trop considérable pour ne pas exiger un éclaircissement, quoique ce fragment ne soit qu'un distique.

ODE XXIX.

Dans le texte grec cette Ode sur l'*Or* et la suivante sur *Apollon* ne font qu'un seul chant. Il se trouve quatorze vers à la fin qui n'ont aucun rapport avec ce qui précède. Les commentateurs, pour les lier, ont supposé qu'il manquait plusieurs vers, et y ont suppléé arbitrairement.

Je n'ai pas cru devoir adopter cette opinion, qui ne m'a pas paru satisfaisante. Je pense que, par la maladresse d'un copiste, les quatorze vers en question ont été transposés, et qu'ils doivent appartenir à l'Ode sur l'*Or* et non à l'Ode sur *Apollon*, d'autant qu'ils complètent parfaitement le sens de la première, sans nuire, par leur retranchement, à la seconde.

Elles ont si peu de connexion entre elles que j'ai placé l'Ode sur Apollon dans le deuxième livre.

Ce n'est pas sans mûre réflexion que j'ai osé faire un changement si notable, malgré le jugement d'illustres et savants commentateurs.

LIVRE SECOND.

ODE III.

Il est impossible de traduire cette Ode d'une manière poétique sans paraphraser, car il faut tomber dans le trivial, comme il est arrivé à quelques traducteurs. Quelques-uns, plus sages, se sont abstenus de la traduire.

ODE V.

Anacréon en donnant plusieurs noms à Bacchus ne le fait pas sans motif.

Ainsi quand il veut désigner simplement le dieu du vin, le dieu qui préside aux vendanges, il l'appelle Διονυσος, Βάκχος; Λυαῖος quand, dans un festin, il l'invoque comme chassant, dissipant les chagrins, du verbe λυαίειν ; Βρομιος, comme dans cette Ode, quand il boit du vin qui pétille, qui frémit dans la coup, du verbe βρέμω. Il est essentiel de bien distinguer ces nuances.

ODE XII.

Il y a évidemment un refrain dans cette Ode, par la répétition périodique de θέλω, θέλω μανῆναι, qui revient trois fois dans le cours du poème.

ODE XIII.

Je lis απαλαὶ παῖδες, *tendres filles*, pour απαλοὶ παῖδες, *tendres garçons*.

ODE XVI.

Il y a une grande lacune dans cette Ode, par la perte de plusieurs vers J'ai tâché d'y suppléer, sans toutefois m'éloigner de la pensée du poète.

ODE XVIII.

Ελεφαντίνῳ δὲ πλήκτρῳ : *avec mon plectre d'ivoire*. Les uns ont pensé que le plectre était une sorte de baguette avec laquelle on frappait les cordes d'un instrument de musique, comme certains musiciens de nos jours se servent d'une plume pour tirer des sons d'une espèce de guitare appelée *mandoline*, ou *mandore*, ou *pandore*. Les Grecs modernes se servent de cet instrument, et en jouent par ce moyen. Serait-ce par tradition?

D'autres ont pensé que le plectre était une sorte de dé pointu, assez semblable à celui dont se servent, de nos jours, les brodeuses au crochet. Je penche pour cette opinion. A la cour de Louis XV il y avait un habile guitariste qui se servait de cette sorte de dé, mais en argent, qu'il plaçait à ses doigts, en forme d'ongles alongés, pour toucher les cordes de son instrument, afin d'en tirer un son plus pur.

ODE XXIII.

Sans m'écarter de la pensée d'Anacréon,

j'ai paraphrasé cette Ode, que j'aurais pu réduire, sans effort, aux proportions du texte, en retranchant, sans nuire au sens, les quatre derniers vers des deux strophes.

Le caractère des deux convives eût été moins développé.

LIVRE TROISIÈME.

ODE PREMIÈRE.

Ce n'est pas sans raison qu'Anacréon dit : Επί λωτίναις τε ποίαις : *Sur des feuilles de lotos.* Le lotos, suivant la fable, ôtait la mémoire à ceux qui en mangeaient. Anacréon se réjouit de boire, couché sur le lotos, pour oublier ses peines.

ODE II.

Plusieurs traducteurs ont pensé qu'il était question d'une mascarade dans cette Ode. Je ne vois pas sur quoi ils ont fondé leur opinion. Je n'ai pas suivi cette interprétation, que rien ne motive à mes yeux.

La pectis était un instrument dont la forme nous est inconnue.

ODE VIII.

Περίμεινόν με, Κυβήλα. *Rends-moi furieux, Cybèle*. J'ai adopté l'interprétation qui m'a paru la plus probable, pressentie par un traducteur et non suivie par lui J'ai traduit *plus fou qu'un Corybante*. Les Corybantes étaient les prêtres de Cybèle; dans la célébration de ses fêtes ils se livraient aux danses les plus violentes, et s'agitaient comme des énergumènes. Anacréon se propose de les imiter en se mêlant aux jeux de la folle jeunesse.

ODE XXII.

J'ai réuni les deux distiques sur le même sujet, qui, dans le texte, se trouvent séparés; je les ai transposés, et, par ce moyen, j'ai obtenu un sens plus complet.

FIN DES NOTES.

TABLE.

LIVRE SECOND.

LIVRE TROISIÈME.

NOTES.

LIVRE PREMIER.

LIVRE SECOND.

LIVRE TROISIÈME.

FIN DE LA TABLE.

Imprimé en France
FROC020924131020
25418FR00023B/281

9 782329 46995